D0324254

Respira

Respira

Pam Withers

Traducido por
Eva Quintana Crelis

Orca soundings

ORCA BOOK PUBLISHERS

Library and Archives Canada Cataloguing in Publication

Withers, Pam
[Breathless. Spanish]
Respira / Pam Withers.

(Orca soundings)
Translation of: Breathless.
Issued also in electronic format.
ISBN 978-1-55469-382-5

I. Title. II. Title: Breathless. Spanish. III. Series: Orca soundings
PS8595.I8453B7418 2010   JC813'.6   C2010-904571-8

First published in the United States, 2010
Library of Congress Control Number: 2010931356

Summary: Beverly gets into serious trouble when her starvation
diet interferes with her scuba diving.

Mixed Sources
Cert no. SW-COC-001271
© 1996 FSC
FSC

*Orca Book Publishers is dedicated to preserving the environment and has printed
this book on paper certified by the Forest Stewardship Council.*

Orca Book Publishers gratefully acknowledges the support for its
publishing programs provided by the following agencies: the Government of
Canada through the Canada Book Fund and the Canada Council for the Arts,
and the Province of British Columbia through the BC Arts Council
and the Book Publishing Tax Credit.

Cover photography by Firstlight

ORCA BOOK PUBLISHERS   ORCA BOOK PUBLISHERS
PO Box 5626, Stn. B   PO Box 468
Victoria, BC Canada   Custer, WA USA
V8R 6S4   98240-0468

www.orcabook.com
Printed and bound in Canada.

13 12 11 10 • 4 3 2 1

Para Shannon Young, mi amiga de buceo. Con un especial agradecimiento para Darren Moss, nuestro instructor, para B.C. Dive and Kayak y para Kathy Guild.

Capítulo uno

Todo estaba bien hasta que apareció esa dientuda anguila morena. Salió de la nada en el agua turbia y vino directo hacia mí. En serio. Era como si quisiera estrellarse contra mi visor.

La verdad es que no soy una de esas chicas que se asustan con cualquier pez, pero en el buceo pasa algo especial: el agua hace que todo parezca un tercio más grande, así que lo de la morena fue como si un mutante gigantesco viniera al ataque. Además, aprendí a bucear en los lagos que rodean Winnipeg, donde yo vivo, y apenas era el segundo día de mi visita a mi tío en Kauai, Hawái, por las vacaciones navideñas. No tenía idea de que debía usar más pesas en el cinturón de lastre. Resulta que el agua de los trópicos te hace flotar más que el agua fría de los lagos de Manitoba. Aunque seas una quinceañera fea y gorda como yo, en el agua tropical flotas enseguida.

Bueno, no soy gorda: soy regordeta. Y no soy tan fea como ese engendro de pez; eso sí que no. Me dio un buen susto. Ya de por sí me estaba costando mucho mantenerme cerca de mi tío porque llevaba demasiadas pesas en el cinturón, pero aparte, al levantar la mano para ahuyentar a la morena, me saqué el regulador de la boca por accidente. El regulador es el aparato que te pones en la boca y que se conecta al tanque de oxígeno. Es lo que te permite respirar.

Al golpear el regulador tragué un poco de agua, lo que me hizo entrar en pánico. Y el problema de tener un ataque de pánico cuando estás a cuarenta pies por debajo de la superficie del océano es que te puedes ahogar, y sabes muy bien que te puedes ahogar. De hecho, sin el regulador es imposible respirar, aun si estuvieras tranquilo. Tampoco debes contener la respiración debido a la presión que hay en el agua. El caso es que si no estás respirando y sacando burbujas porque has perdido el regulador, tu pecho puede expandirse hasta explotar. Bueno, no es para tanto, pero es algo parecido. Hace sólo un año que conseguí mi certificado de buzo, pero no me puedo acordar de todo.

Pues bien, estaba exhalando, pero antes de recuperar el regulador me agité como loca y el brazo con el que traté de asustar a la anguila se enredó con la manguera del regulador. Y además tragué un poco de agua antes de ponérmelo otra vez en la boca, lo que me provocó náuseas. Así que ahora tenía ganas de vomitar *y además* estaba completamente aterrada. No quiero asquear a nadie, pero la verdad es que si estás a cuarenta pies bajo el agua y tienes problemas para respirar con el regulador, está bien que vomites.

¡De verdad! El equipo de buceo está hecho para aguantarlo. ¿Te imaginas? El asunto es que uno puede seguir aspirando aire entre arcadas. Si no fuera por eso, ya no estaría aquí para contarlo.

Así que respiré, vomité, lloré y pateé hacia todos lados, segura de que iba a morir, pero mi tío Tom, que es mi tío favorito, estuvo maravilloso. Nadó hasta llegar frente a mí y fijó sus tranquilizadores ojos azules en los míos. Me dijo con lenguaje de señas que respirara lentamente y me puso las manos en los hombros. Funcionó. El simple hecho de saber que estaba ahí ya fue bastante, por lo de que es instructor de buceo y todo eso. Tiene una tienda de submarinismo, dirige viajes de buceo y cosas por el estilo. Es por eso que viajé a Kauai por la Navidad, porque uno de sus dos empleados había renunciado. Mi tío sabía que no podría reemplazarlo antes de enero y como también sabía que me encantaba bucear, se imaginó que podía ayudarlo durante las vacaciones. Me pagó el viaje en avión desde Winnipeg. La verdad es que fue genial.

Me alegró que estuviera conmigo cuando entré en pánico. Si me iba a ahogar, mejor que fuera con él a mi lado, siendo tan amable. Pero como ya dije, el regulador me mantuvo respirando hasta que me sentí mejor y entonces, moviendo las aletas con fuerza, mi tío nos llevó a la superficie. Suave y lentamente. En el buceo, si no haces todo bien pueden pasar cosas horribles.

La otra empleada de la tienda, la que todavía trabaja con el tío Tom, lo aprendió a la mala. Se llama Weniki, que equivale a "Wendy" en hawaiano. Quedó sorda por un accidente de buceo. Fue hace un par de años. Ahora sólo lava el equipo de buceo en la tienda o llena tanques y hace cosas en la computadora. Pero no es muy amigable. Casi no me ha dirigido la palabra desde que llegué a Kauai. Y no es por su sordera: cuando quiere hablar, lo hace. Aunque lo cierto es que rara vez habla con nadie. No es más que una de esas señoras amargadas que odian a los jóvenes. Al menos eso creo yo, así que en general la ignoro.

Bueno, el asunto es que el tío Tom me llevó a la superficie vivita y coleando.

—Beverly, todo está bien. Respira hondo. Estoy aquí contigo.

—Perdóname, tío Tom —dije, sacándome la máscara y tratando de no llorar.

Vaciló por un momento. Pude ver su sorpresa por mi ataque de pánico y que estaba decepcionado de mí, pero quería ser amable.

—¿Tragaste un poco de agua?

—Sí, supongo.

—Fue demasiado para ti, pero lograste ponerte el regulador en la boca otra vez. No tuve que ayudarte con eso, Beverly —me dijo. Seguramente fue la única cosa positiva que se le ocurrió. Estaba haciendo un gran esfuerzo por ser amable.

—Gran cosa —dije, y él frunció el ceño.

—Supongo que no debimos haber ido tan hondo en nuestra primera zambullida juntos. Fue mi culpa.

—No, fue mi culpa. No debí haber entrado en pánico así de fácil. En serio que lo siento mucho. Te prometo que no va a volver a pasar.

Asintió con la cabeza y me dio un golpecito en el hombro. Me di cuenta de que no me creía.

—Descansa aquí todo el tiempo que quieras, Beverly. Cuando te sientas mejor volvemos a la costa —dijo mientras flotábamos junto a nuestra pequeña boya de buceo. —A menos que quieras bucear un rato más.

Tenía que estar bromeando. Deseé que fuera una broma. Me quedé en silencio, sin poder mirarlo a los ojos. Me sentía avergonzada. ¿Me dejaría bucear después de esto?

—Beverly —dijo después de un minuto—, creo que no te vendría mal tomar un curso de repaso en una piscina antes de que salgamos a bucear de nuevo.

Bajé la cabeza y asentí apenas.

—Sé que eres una buena buzo, tu papá me lo dijo. Pero creo que no estaría mal tomar un curso, sólo para aumentar tu confianza en ti misma. ¿Estás de acuerdo?

Confianza en mí misma. No era mi mejor cualidad, eso seguro. Hoy había fallado. Él no confiaba en mí. Asentí otra vez con la cabeza.

El tío Tom me dio un golpecito en la espalda y me miró con una gran sonrisa. Después nos dirigimos hacia la playa. La playa, con todas esas bronceadas chicas en bikini. Suspiré. Aun si no me hubiera bajado hace poco del avión que me trajo desde Winnipeg, con la piel tan blanca como el hielo de nuestros lagos, acostada en la arena junto a ellas me vería como un pez fuera del agua. O más bien como una gorda ballena varada en la playa.

Odio a las chicas flacas. Nunca he sido una de ellas. Y odio cómo los chicos siempre les piden citas. Antes de salir de Winnipeg por las vacaciones, mi mejor amiga era la única de nuestra pandilla, aparte de mí, que no estaba saliendo con nadie. En otras palabras, nuestras otras amigas ya no pasaban el rato con nosotras. Y entonces a ella la invitaron al Baile de Diciembre. Adivina quién se quedó completamente sola.

Pero tuve suerte: me salvé de ir al baile porque el tío Tom me invitó a venir a Kauai.

Sentada en el avión me hice dos promesas: durante las vacaciones bajaría diez libras o moriría en el intento. La otra fue que conseguiría un novio lo más pronto posible, costara lo que costase.

¿Suena tonto? Pues sí, ¿pero a quién le importa? Eso es lo que decidí que iba a hacer, a menos que me ahogara antes por accidente, lo que, gracias al tío Tom, esta vez no sucedió.

Capítulo dos

Desde el apartamento del tío Tom, ubicado sobre la tienda de buceo, se puede caminar hasta la piscina. Al tío Tom no pareció molestarle que siguiera "dormida" a la hora del desayuno. La verdad, claro, es que estaba leyendo en mi cuarto. Fingí que dormía para que no se diera cuenta de que me saltaba el desayuno antes de salir.

Golpeó suavemente a mi puerta.

—Buenos días, Beverly.

Me encanta que siempre use mi nombre completo, en lugar de sólo "Bev".

—Hola, tío Tom. Ya me estoy levantando —dije del otro lado de la puerta.

—Muy bien. Te dejé algunos panqueques y unas salchichas. Abe te espera a las nueve. Vas a ver que es un buen instructor. Nos vemos abajo a mediodía.

—Seguro.

Me sentí un poco culpable por no haber desayunado con él, pero estaba comiendo lo menos posible. Calculaba que a ese ritmo me pondría un bikini en un suspiro.

Me levanté, me vestí y fui a la cocina. Me incliné sobre el plato de salchichas y panqueques tibios y dejé que el increíblemente delicioso aroma inundara mi nariz. ¿Qué?, oler es gratis. Las calorías no te hacen engordar a través del olfato. Después llevé el plato al fregadero y lo tiré todo al triturador de basura.

Quince minutos más tarde ya estaba frente a la piscina cubierta local. Como había llegado cinco minutos antes de la hora, me senté en una pequeña tapia del otro lado de la calle y disfruté del perfume de unas flores tropicales que colgaban sobre mi hombro. *Beverly,* me dije, *de verdad que esto no es Winnipeg en diciembre.* Un chico guapísimo, tal vez de unos dieciocho, estaba apoyado contra la pared del edificio de la piscina, mirando pasar a la gente. No había mujer que no siguiera con los ojos hasta que la perdía de vista.

De repente saltó para abrirles la puerta a dos chicas que salían del edificio.

—Permítanme —lo oí decir—. Por cierto, soy buscatalentos para *Baywatch.* ¿No me quieren dejar sus números de teléfono?

Las chicas lanzaron una carcajada y bajaron rápidamente los escalones, dejando a *Sir* Galante con una sonrisa en los labios. Crucé la calle. Ni me miró hasta que me tropecé en los escalones.

—Oye, niña, ¿estás bien? —me preguntó.

—Sí, estoy bien —respondí, con la cara ardiendo de vergüenza.

—¿Segura? —Sus ojos ya estaban fijos en alguien más que había aparecido en la esquina.

Al abrir la pesada puerta, un fuerte olor a cloro y una humedad sofocante me dieron la bienvenida. Un hombre en traje de baño estaba llevando unos tanques de buceo al borde de la piscina. Alzó los ojos.

—¿Beverly McLeod?

Asentí. Era de la edad del tío Tom, como de unos treinta.

—Yo soy Abe. ¿Lista para tu clase privada?

—Sí.

Al menos no dijo "curso de repaso para reprobados".

Sonrió y señaló con un gesto el vestuario de mujeres.

—Ve a cambiarte. Ya tengo tus tanques listos. El *divemaster* vendrá enseguida.

Yo sabía que el *divemaster* era un ayudante experimentado. Cuando salí, alguien estaba organizando los tanques y las máscaras junto a Abe. Noté una musculosa espalda y un abundante cabello oscuro y rizado. Se dio la vuelta y me sonrojé. Era *Sir* Galante.

—Beverly, te presento a Garth Olsen, el *divemaster*. Garth, ésta es Beverly McLeod.

—Encantado —dijo Garth con una sonrisa.

—Oh... hola.

—Beverly es la sobrina de Tom McLeod —le dijo Abe a Garth.

—¿En serio? —preguntó Garth, abriendo mucho los ojos y mirándome con atención—. Me encanta la tienda de tu tío. ¿Por qué no te habíamos visto por aquí antes?

—Sólo está de visita. Vive en Canadá, en Winnipeg —dijo Abe tomando su cinturón de lastre. ¿Creía que no era capaz de contestar sola?

—¡Winnipeg! —exclamó Garth—. Le dicen *Friolandia*, ¿no? La estación de buceo debe ser corta ahí arriba.

—De hecho se bucea todo el año —dije, y odié el tono defensivo que me salió en la voz—. Hay gente que hace hoyos en el hielo y bucea en pleno invierno.

La verdad es que *yo* no era uno de ellos.

—¡No me digas! —dijo Garth, con las manos en la cadera. Me estaba mirando de arriba abajo, muy lentamente y con los ojos brillantes—. Eso suena de verdad extremo.

—Pues bien, Beverly —interrumpió Abe—, cuando te hayas puesto el equipo, los veré a los dos hacerse una revisión en pareja—. En otras palabras, debíamos inspeccionarnos el uno al otro para confirmar que tuviéramos todo lo necesario, bien abrochado y conectado. —Después harán una entrada en agua profunda, un intercambio de *snorkel*/regulador bajo la superficie y el descenso en cinco pasos.

Pan comido. Buceo de jardín de niños.

—Bueno —dije.

—Después vamos a practicar señales bajo el agua, respiración con fuente de aire alternativa y llenar de agua y despejar la máscara bajo la superficie—. Miré a Garth.

Rezumaba confianza. Eso me relajó.
—Y también van a sacarse el cinturón de
lastre en el agua.

Una a una, demostré que tenía todas
las habilidades que exigía Abe. Sólo una
vez tuve que salir a la superficie por un
ataque de nervios. Abe lo repasaba todo con
paciencia, y el contacto visual y los gestos
aprobatorios de Garth me ayudaron a hacer
todos los ejercicios.

—Eres un buen *divemaster* —le dije a
Garth en un momento en que los dos salimos
a la superficie antes que Abe.

—El mejor —me dijo con un guiño—.
Y totalmente disponible para trabajar con tu
tío, cuando sea.

Parpadeé. ¡Ah!, yo era la sobrina que
le podía conseguir un empleo, ¿verdad,
Sr. Pedante?

—Muy buena sesión, Beverly —me dijo
Abe mientras enjuagábamos el equipo—.
Estás lista para cualquier viaje de buceo al
que te quiera llevar Tom. Seguro que vas
a disfrutar de nuestras aguas tropicales—.

Su sonrisa era muy amable. —Bienvenida a Hawái.

—Gracias —le dije mientras extendía la mano para tomar mi tanque, pero el musculoso brazo de Garth me lo arrebató.

—Relájate. Tú eres la cliente —me dijo—. Bien hecho, *Miss* Winnipeg. Nos vemos—. Entonces apuró el paso porque una chica en bikini salió del vestuario y flotó con gracia por el borde de la piscina.

Capítulo tres

Como me moría por contarle a mi tío lo bien que me había ido, subí volando los escalones de la entrada trasera de su negocio y estuve a punto de chocar con Weniki, que llevaba una tina de plástico con trajes de buzo hacia el enorme fregadero que había en la trastienda. Ahí es donde pasa la mayor parte del día, enjuagando y colgando el equipo.

Frunció las cejas con desaprobación por mi apuro.

—¡Aprobé! —le dije, mirándola directamente para que me pudiera leer los labios.

Weniki se encogió de hombros, dejó la tina en el suelo y se puso un delantal de plástico. *Lo único que le interesa es el trabajo*, pensé. *¿Pero qué importa que a ella no le impresione que haya aprobado?* Me alisé la playera sobre los shorts, que ya se sentían más flojos en la cintura. Es increíble lo que pueden hacer tres días de casi no comer.

—¡Beverly, ya regresaste! ¿Cómo te fue? —me preguntó mi tío, que le estaba llevando otra tina a Weniki.

—¡Aprobé! ¡No tuve ningún problema! —le dije.

—Excelente, querida. Me imaginé que así iba a ser. ¿No es genial, Weniki? —le preguntó, cuidando que pudiera leerle los labios, aunque él sabía un poco de lenguaje de señas. Ella asintió con una pequeña sonrisa—. Bueno, Weniki, tómate un descanso para almorzar. Acabo de comprar algo de comida al lado.

La tienda vecina era una charcutería. Los tres fuimos al cuarto del personal. Mi tío Tom me acercó la bandeja y Weniki se puso a leer una revista de buceo entre bocados de su sándwich.

—Beverly —me dijo mi tío mientras yo ponía unas uvas en mi plato—, más tarde viene un grupo de una escuela. Necesitan probarse trajes de buzo. Si te puedes encargar de eso, Weniki y yo vamos a trabajar en los libros de contabilidad.

—No hay problema —le dije, mordiendo una uva por la mitad y masticándola muy lentamente.

—Y si tienes tiempo, llegó una caja de libros de buceo que hay que poner en los estantes.

—¿Libros nuevos? —pregunté emocionada. Él sabía que había leído casi todos los libros de buceo que había en mi cuarto.

—Me imaginé que te gustaría ese trabajo. Cómo quisiera que a nuestros clientes les entusiasmaran los libros de buceo aunque fuera la mitad de lo que les gustan a ti y a Weniki.

Volteé a mirarla, pero estaba tan concentrada en la revista que no tenía idea de nuestra conversación.

—Espero que comas algo más, aparte de uvas —agregó mi tío. Por suerte justo entonces sonó la campanilla de la tienda.

El tío Tom se levantó de un salto. Reacia, Weniki dejó su revista a un lado y caminó hacia la oficina de mi tío arrastrando los pies. Yo fui directo a los libreros. Mientras revisaba la caja de libros, me maravillaron las fotos de corales y peces exóticos.

—Dije que los pusieras en los estantes, no que los leyeras todos —bromeó mi tío un rato después—. ¿Entonces estás de acuerdo en quedarte a cargo mientras Weniki y yo trabajamos en la computadora?

—¡Claro!

Barrí la tienda y atendí a los clientes toda la tarde. Una hora antes de cerrar, entraron unos seis chicos de mi edad.

—Buenas. ¿Está el Sr. McLeod? —me preguntó uno de ellos.

—Yo soy Beverly McLeod —le dije, tan segura de mí misma como pude—. Ustedes deben ser el grupo que va a bucear mañana. En un momento les muestro los trajes que van a probarse.

—Genial.

Tardamos una media hora en encontrar las tallas correctas. A algunos parecía divertirles que una chica de su edad se atreviera a sugerir que se probaran una talla más grande o más chica.

—¿Vas a bucear con nosotros mañana? —me preguntó uno de ellos con audacia.

Le dije que no estaba segura. La verdad es que me porto como una tonta cuando estoy con chicos. Nunca sé si están coqueteando conmigo o se están burlando de mí. Me sale mucho mejor ser invisible que decirles qué traje de buzo les queda bien. Finalmente organicé en tinas marcadas todo lo que eligieron.

—Bueno, pues nos vemos mañana —dijo uno de los chicos.

Cuando salieron, en fila, yo ya estaba hecha polvo. Apenas pude ayudar al tío Tom a cerrar, me despedí de Weniki con la mano y subí con trabajos detrás de él. Aunque lo que quería era desplomarme en la cama, me ofrecí para hacer la cena. La cena. Eso significaba comida. Fue una tortura hacer hamburguesas sintiendo aguijonazos de hambre en el estómago. Necesité todo mi autocontrol para sólo picotear la mía hasta que el tío Tom dejó de mirar. La escondí a toda velocidad en una servilleta en mi regazo: lista para la basura.

—¿Quieres ver una película? —preguntó el tío Tom.

—Sí, claro, gracias —contesté, aunque tenía ganas de irme a la cama.

Dormité durante casi toda la película, pero a él no pareció importarle.

—Ese Abe te agotó en serio con su clase —dijo, muy amable, cuando me levanté, me estiré y estaba por irme a mi cuarto—. Qué bueno, porque lo organicé todo para que tú y el *divemaster* nos acompañen a mí y a los chicos de esa escuela mañana. Weniki puede ocuparse de la tienda mientras nosotros buceamos. Quiero que te diviertas en Kauai.

—Gracias, tío Tom.

Me pregunté si iba a ser la única chica en el viaje y a quién habría contratado como *divemaster*.

Capítulo cuatro

Tanques, máscaras, aletas, manómetros, chalecos, lastre, trajes y botines de buzo. Yo iba marcando todo en un papel mientras el tío Tom lo enlistaba en voz alta. Weniki y Garth ayudaron a los estudiantes a cargar las cosas en la camioneta. Sí, Garth. Él era el *divemaster* que el tío Tom había contratado para que ayudara a controlar a los seis chicos de quince años.

—¿Eres instructora? —me preguntó un muchacho rubio y delgado, entrecerrando los ojos con suspicacia. O tal vez no era por desconfianza. Tal vez de verdad quería que lo impresionara. Deseé saber lo que estaba pensando.

—Bev es la sobrina del dueño de la tienda de buceo —le dijo Garth a mi entrevistador, como si eso me convirtiera en alguien de la realeza o algo así.

—Ah, pues bien, yo me llamo Bryan —dijo el chico, ignorando a Garth y extendiendo la mano hacia mí con, diría yo, una coqueta sonrisa—. ¿Tú nos vas a decir cómo se hace, Bev?

Le estreché la mano. Seguro que se dio cuenta de que la mía estaba húmeda.

—Es Beverly —lo corregí, tirando del dobladillo de mi playera y tratando de mirarlo a los ojos—. Sólo voy para divertirme.

—Mentira, Bev —dijo Garth, levantando la voz y poniendo una mano en mi espalda—. Creo que voy a dejar que les enseñes a estos niños cómo se hace.

¿Niños? ¿Se había olvidado de que yo tenía la misma edad que ellos? Me puse roja y vi cómo la mirada de Bryan iba de Garth hacia mí.

—Tengo que ayudar a Weniki —dije entre dientes y escapé de los dos. *Ya me imagino cómo se portaría Garth si el grupo fuera de puras chicas*, me dije. *Qué fanfarrón.*

De algún modo todos logramos apretujarnos en la camioneta, que tenía tres filas de asientos. El tío Tom manejaba, con Garth en el asiento del copiloto. Yo terminé al fondo, aplastada entre Bryan y otro chico.

—¿Hace mucho que buceas? —me preguntó Bryan.

—Un año —contesté, aún luchando por mirarlo a los ojos. Era bastante guapo—. Pero sólo en lagos. ¿Y tú?

—Unos meses. Estoy completamente enganchado —dijo.

Asentí y empezamos a hablar sobre vida acuática y sobre los mejores viajes de buceo que habíamos hecho. Garth se volteó una o dos veces para verme.

—¿El *divemaster* y tú tienen algo? —me preguntó Bryan al fin, acercándose un poco para decirlo en voz baja. Con eso me dejó muda por un minuto entero.

—Claro que no —Mi voz sonó tan ronca que cualquiera hubiera dicho que estaba resfriada o algo así.

—Eso pensé —dijo con una sonrisa, lo suficientemente bajo como para que Garth no lo oyera—. Podría ser tu padre.

—*Nooooo* —dije y me reí.

—Así que *sí* sabes sonreír —comentó.

Nota para mí misma: *Trata de no parecer asustada o de mal humor cuando te habla un chico.*

Media hora después, llegamos a una hermosa bahía de color turquesa. Los veleros brillaban al sol y las gaviotas se elevaban en el cielo mientras descargábamos el equipo y nos organizábamos. Disfruté del sabor salado del aire de mar.

—Bueno, todos ustedes son buzos calificados —dijo mi tío—. Garth y yo sólo estamos aquí para mostrarles las mejores vistas y asegurarnos de que estén a salvo. Elijan todos un compañero. Garth y yo haremos nuestra revisión en pareja frente a ustedes para refrescarles la memoria.

Garth se paró muy erguido e hizo todo el ejercicio como un profesional. Yo miraba las ondas del agua en la playa y me repetía que no había ningún motivo para estar nerviosa. Si tan sólo mi estómago me escuchara. No me ayudó, por supuesto, el hecho de no haber desayunado. *Sí* había almorzado, si es que media papaya cuenta como almuerzo. Esa mañana me había pesado y, según la balanza del baño, ya había bajado dos libras. ¡Sólo faltaban ocho! Sabía que no se supone que bajes más de una o dos libras por semana, pero ni hablar, yo no tenía tanto tiempo. Diez libras, diez días: ¡iba a conseguirlo!

En el instante en que Garth y el tío Tom terminaron, Garth apareció junto a mí.

—Bev, estuviste bien en la piscina, así que sé que no vas a tener ningún problema, pero voy a estar contigo todo el tiempo, ¿de acuerdo? Órdenes de tu tío.

¿Órdenes de mi tío? Me pregunté si era cierto, pero, para ser franca, me sentí aliviada. *Sí* estaba un poco nerviosa. Siempre lo estoy. Saber que Garth iba a cuidarme relajó un poco mi anudado estómago.

—Gracias —le dije. Él me guiñó un ojo, asintió y me dio un ligero apretón en el brazo. Al darme la vuelta, vi que Bryan volteaba hacia otro lado. No tenía sentido elegir como compañero a alguien que tenía la mitad de la experiencia que yo. *Después de hoy lo haré mejor*, me dije. Al entrar al agua me sorprendió lo tibia que era. Los lagos de Winnipeg pueden ser cálidos, pero no en la primavera y el otoño. El próximo año tal vez me sienta aventurera y vaya a bucear en el hielo. *Eso sí* que impresionaría a Garth. Oye, ¿por qué debería importarme impresionar a Garth?

Podría ser tu padre.

Además, me recordé, *sólo me está cuidando porque quiere que mi tío le dé más trabajo.*

Pero de verdad necesitaba que me cuidara.

—¿Lista, compañera? —me preguntó Garth. Ya habíamos llegado a la boya. Los otros buzos desinflaban sus chalecos y desaparecían bajo la superficie, como perritos de las praderas en sus agujeros.

Capítulo cinco

—Busca el coral dedo. Y el pez mariposa.
Esta bahía los tiene a montones. De verdad
que no has vivido hasta que buceas en
Kauai, Bev.

No dejaba de llamarme "Bev". Pero con
su voz grave no sonaba mal. Podía acostum-
brarme a oírlo. Nos sumergimos en el agua
como turistas en un ascensor de vidrio y él
se aseguró de que avanzáramos lentamente.
Yo me apretaba la nariz para equilibrar el

aumento de presión, como se supone que hay que hacer. Él me miraba para confirmar que lo hiciera y asentía con la cabeza. Me sentía segura con Garth. Muy pronto ya estábamos a treinta y cinco pies de la superficie y el grupo se reunió como un banco de peces enormes. Con potentes golpes de aleta, el tío Tom dio una vuelta a nuestro alrededor, pidiéndole una señal de "Okey" a cada uno.

También Garth miraba con atención el "banco de peces". Cuando empezamos a avanzar relajé al fin mi ruidosa respiración. Garth y mi tío señalaban pequeños y coloridos bodiones y peces damisela. Casi me olvidé de respirar cuando una anguila pasó deslizándose muy cerca. La vida marina aumentaba a cada instante y yo temblaba de emoción. ¡Qué ganas tenía de contarles a mis amigos de Winnipeg sobre todo lo que había en Kauai!

No quería perderme nada. Buceaba a uno y otro lado, mareada por la felicidad. Cómo me fastidió cuando alguien arrastró una aleta por error, levantando tanta arena que quedamos de repente sumergidos en una densa nube.

¿Qué es arriba y qué es abajo? ¿Adónde se fueron todos? Mi corazón latió con fuerza mientras buscaba a Garth entre la neblina. Escuché que mi respiración se aceleraba y se convertía en un jadeo. Sentí un nudo en el estómago. Pero entonces apareció frente a mí, su máscara contra la mía, sus manos en mi cintura. A pesar de la arena revuelta y de que nadie más estaba a la vista, me sentí relajada. Él señaló hacia arriba y yo asentí. Subimos juntos lentamente, tomados de las manos y mirándonos a los ojos. Una parte de mí no quería volver a la superficie.

—No entraste en pánico —dijo Garth al salir y me soltó las manos. Escuché orgullo en su voz. Parecía sincero.

Le sonreí.

—No me asusté.

Pero alguien más sí se había asustado. Escuchamos un fuerte chapoteo a nuestra derecha y la voz del tío Tom, que estaba tratando de calmar a alguien. ¿A Bryan? Por la preocupada mirada de mi tío, supe que

Bryan había subido demasiado rápido, tal vez dejando atrás a su compañero de buceo. Garth fue con ellos, infló el chaleco de Bryan y le habló con suavidad hasta que dejó de patalear. Pobre chico. Una nube de arena como ésa le puede provocar claustrofobia a cualquiera.

Nadamos hacia la playa con los tanques de oxígeno casi vacíos. Estuve tan ocupada ayudando al tío Tom a cargar la camioneta, que no tuve ninguna oportunidad de hablar con Bryan. Él sin duda hizo todo lo posible para no sentarse conmigo en el viaje de regreso. Como desapareció mientras descargábamos en la tienda, ya no pude verlo.

—¡Oye, atrapa la bolsa de máscaras! —me gritó Garth.

Giré y extendí los brazos, pero vi que era una broma y me reí.

—¿Pensaste que iba a lanzar las máscaras de tu tío así como así? —dijo con una sonrisa y después se acercó y me puso una mano en la cabeza. Volteé a ver a mi tío, que ni siquiera pareció notar el obvio coqueteo de Garth. Lo que sí vi fue que Weniki frunció el ceño cuando mi tío entró a la tienda.

—Ya descargamos todo —dijo Garth, deslizando los dedos hacia mi cuello—. Cuídate, Bev. No te vayas a caer en un hoyo de hielo en Manitoba.

—Todavía me queda una semana en Kauai—repliqué.

—¿En serio? —dijo, ladeando la cabeza—. Entonces tal vez te vea por aquí.

Sus dedos subieron a mi mejilla y descansaron ahí un momento. Después se fue y yo me puse a enjuagar el equipo con Weniki. Por su boca fruncida me di cuenta de que estaba molesta por algo. Enjuagué y colgué cosas hasta que me dolieron los brazos. ¿Cómo podía Weniki hacer esto todo el día? Cuando al fin subí la escalera del apartamento a duras penas, el tío Tom estaba cocinando en grande. Cuando puso la cena en la mesa yo ya estaba dormida en el sofá. Le dio tristeza despertarme. Una comida más que me perdí con gran alegría.

Capítulo seis

A la mañana siguiente, mientras barría la tienda, pensé en lo que había ocurrido en el viaje de buceo. Era segurísimo que le había gustado a Bryan. Yo había estado demasiado lenta como para notarlo. Y después Bryan se había sentido tan avergonzado por su ataque de pánico, que me evitó a toda costa. Estúpida de mí. Debería haberme esforzado más por hablarle. Podría haberle dicho que un ataque de pánico no es la gran cosa. ¿No era yo una experta en asustarme por tonterías bajo el agua?

Tomé su interés como mi recompensa por haber bajado de peso. Esa mañana ya pesaba toda una libra menos. Me sentía exhausta, claro, pero al menos no estaba haciendo nada estúpido, como comer y luego obligarme a vomitar.

Ese Garth. Más me valía tener cuidado siempre que estuviera cerca. *Es demasiado mayor para mí*, me dije. *Y no puede ser que de verdad le interese.* Tierra llamando a Beverly: *Eres la sobrina del dueño. Sé amable con la sobrina y conseguirás más trabajo.* Eso era todo.

—¡Beverly! ¿Cómo está mi soñadora favorita? —dijo mi tío, asomando la cabeza por encima de un estante de mercancía—. Un cliente necesita ayuda en la entrada, querida. Yo tengo que salir a hacer un mandado.

—Ah, claro que sí.

Dejé la escoba y me apuré a atender al cliente. Con el nivel de concentración que tenía ese día, podían robar la tienda entera bajo mis narices.

Era un chico que estaba examinando las computadoras y las brújulas de buceo.

—Hola, ¿te puedo ayudar en algo? —le pregunté.

—Sí, estaba viendo sus consolas de instrumentos. ¿Me puedes decir las ventajas y las desventajas de un soporte para muñeca? —me preguntó, mirándome de arriba abajo.

Dieciséis como máximo, pensé. *Y vestido como si estuviera hecho de dinero.*

—Bueno —le contesté—, el soporte para muñeca es genial, pero si normalmente buceas por debajo de los 130 pies, tal vez necesites tanto el soporte como la consola, para que siempre tengas un reemplazo.

El chico me observó de nuevo, con mirada aprobadora, pensé.

—¿Y qué me dices del Nitrox o aire enriquecido?

Titubeé.

—Tal vez lo pueda encontrar en el catálogo y averiguar algo.

—Es compatible —dijo una voz detrás de mí—. También el Trimix.

Me di la vuelta. Weniki. En los cuatro días que llevaba en Kauai, a duras penas la había escuchado decir dos palabras. Yo sabía que podía hablar, pero estaba acostumbrada a que nunca lo hiciera. Sus palabras sonaron un poco raras, nasales, pero había contestado bien la pregunta del chico.

Él la miró y comenzó a bombardearla con nuevas preguntas.

Weniki vaciló.

—Tienes que hablar lentamente. Ella lee los labios.

—¿Que hace qué?

—Es sorda. Tiene que leer tus labios.

El chico miró a Weniki por tanto tiempo que me dieron ganas de golpearlo. Le repetí la pregunta a Weniki y ella respondió enseguida.

—¿Qué dijo? —me preguntó el chico.

"Traduje" las palabras de Weniki con exagerada amabilidad. Su voz era entrecortada y débil, pero no era tan difícil de entender.

—¿Ella bucea? —me preguntó el chico en voz baja.

Yo no podía creer su grosería, pero Weniki sonrió con amabilidad.

—Buceé durante veinte años —contestó—. Era instructora de alto nivel. Perdí el oído en un accidente de buceo. Para ti recomendaría el soporte para muñeca.

Cinco minutos después, cuando registré la compra en la caja, el chico se inclinó hacia mí sobre el mostrador.

—Increíble, ¿no?, que pueda hablar aunque sea sorda —me dijo—. Pero no es buena publicidad tener a una víctima de un accidente de buceo trabajando en una tienda de buceo.

Sonreí para disimular mis dientes apretados y no le contesté.

—Oye, entonces tú eres buzo —siguió—. Qué buena onda. ¿Quieres ir a bucear algún día?

—Oh... aquí puedes apuntarte para un viaje de buceo —le dije y saqué la carpeta de debajo del mostrador.

—¿Pero tú lo dirigirías? —me preguntó con una sonrisa y acercándose más a mí.

—Bev, ¿necesitas ayuda? —dijo una voz.

—¡Garth! —exclamé con alivio.

Caminó con aire desenfadado y se plantó junto a mí, detrás del mostrador.

—¿Quieres ir a un viaje de buceo? —le preguntó al chico con frialdad—. Yo soy el *divemaster*. Estaría encantado de decirte adónde ir, si es que Bev no lo ha hecho todavía.

Mi corazón casi se detuvo cuando me pasó el brazo alrededor de la cintura sin perder el contacto visual con el chico.

—Eh, no, no necesito una guía —dijo él. Se quedó un momento de pie, moviéndose nervioso, y finalmente salió de la tienda.

La mano dejó mi cintura y pude escuchar mi respiración de nuevo.

—Así que ya eres el *divemaster* oficial de la tienda, ¿eh? —me arriesgué, esperando que mi cara recuperara la compostura.

Garth sonrió más ampliamente.

—Estoy trabajando en eso, guapa.

¿Estaba coqueteando o jugando conmigo? ¿Le gustaba o es que se estaba burlando de mí? De repente necesité saberlo de verdad.

—¿Quieres que te recomiende? —Arqueé las cejas, muy sugestiva. Coqueteo en broma. Un desafío. Una prueba de su propio chocolate. Se sobresaltó, sin duda, pero era como tratar de verle la cara a Bobby Fischer en ajedrez. Con un rápido movimiento me puso las manos en la cintura y me subió al mostrador. Ya ahí, acercó su cara a la mía.

—¿Salimos a cenar una noche de éstas, Bev? Apuesto a que el tío Tom no ha tenido tiempo de darte un tour de primera por Kauai.

Si hubiera estado usando un tanque, el oxígeno habría desaparecido en segundos. Si hubiera estado buceando, mi ataque de pánico habría ahuyentado a los peces locales hasta Manitoba. Pero no estaba buceando. Estaba sentada en el mostrador de la tienda de mi tío. El tío Tom, Weniki o algún cliente podían entrar en cualquier momento. Me bajé del mostrador.

—Tengo... que pensarlo —dije débilmente.

—Muy bien —declaró—. Piénsalo, Bev. Pues bueno, vine a dejarle unos papeles a tu tío. Te los dejo a ti y me voy. A menos que necesites mi ayuda con otro cliente que trate de acosarte —me dijo con esa lisonjera sonrisa tan suya.

—Estoy bien —dije, alisándome la playera. Me saludó con la mano y desapareció.

Acosada por los clientes, de verdad que sí. Pero, ¿y qué tal el acoso de los *divemasters*? ¿O sería que yo acababa de arruinarlo todo en grande?

Capítulo siete

El tío Tom asaltó la tienda con una bandeja de sándwiches.

—Beverly, cariño, ¿puedes ir a buscar a Weniki a la trastienda? Los sándwiches ya están aquí.

—Claro, tío Tom —le dije—. Oh, Garth vino a verte y te dejó un sobre.

—Excelente. Es un buen muchacho. Más confiable que la mayoría. Lo invité al viaje de buceo en barco de mañana.

—¿Viaje en barco? —pregunté.

—Sí, no había podido decirte que estás invitada —dijo el tío Tom—. Es un viaje de instructores y *divemasters* a las Cavernas Sheraton.

—¿Ese lugar con todos esos conductos de lava y lleno de tortugas?

—Exacto. ¿Te gustaría venir? Va a haber una bandada de instructores y *divemasters* para cuidarte.

—No necesito que me cuide una bandada de nada, tío —le dije, cortante.

—Claro que no. No quise decir eso, Beverly. ¿Vienes entonces?

—Seguro. ¡Gracias! Va a ser mi primer viaje de buceo en barco.

—¿En serio? No hay nada mejor que ir en barco. Mejores arrecifes y agua más clara, y además hay que nadar menos —me contó muy entusiasmado.

—Pero tío, sé que los viajes en barco son caros. Papá me dio dinero para cubrir mis gastos, ya sabes...

—¡Ni lo menciones, querida! La verdad es que no te estoy pagando lo suficiente ni te doy el tiempo libre que deberías tener. Por cierto, Garth me preguntó si estaría de acuerdo en que te diera un tour por la isla. ¿Te parece que le diga que por mí está bien? Creo que es muy amable. Perdona que yo no te haya llevado a pasear, Bev, pero ya ves lo que esta tienda le hace a mi tiempo libre.

Me puse pálida.

—Gracias, tío Tom. Eso suena bien.

—Nos vemos más tarde entonces, cariño. Me voy. Más vale que llames a Weniki y que coman mientras no hay moros en la costa.

Lo miré mientras salía apurado de la tienda. Tal vez Garth *sí* estaba emparentado con *Sir* Galante. No podía creer que le hubiera pedido permiso a mi tío para invitarme a salir. Entonces no había sido capaz de esperar. Primero Bryan, después el chico de la montura para muñeca y ahora Garth. ¡Y eso que todavía no había bajado las diez libras!

Encontré a Weniki en el cuarto de empleados.

—El almuerzo está aquí. Mi tío dice que es mejor que comamos mientras no hay clientes —le dije cuando volteó a mirarme.

Nos sentamos de modo que pudiéramos ver si alguien entraba a la tienda. Ella escogió un sándwich y después me acercó la bandeja.

—No, gracias, no tengo mucha hambre, pero esas naranjas se ven muy bien.

Tomé una naranja y un cuchillo. Pude sentir los ojos de Weniki sobre mí.

—Gracias por ayudarme con lo de las brújulas —le dije.

Asintió con la cabeza. Por la forma en que me miraba pelar la naranja, tuve la desagradable sensación de que había descubierto mi táctica con la comida.

—¿Qué tipo de buceo te gustaba más? —le pregunté. Me di cuenta de que era la primera vez que conversaba con Weniki, a pesar de que ya hacía cuatro días que trabajábamos juntas sin parar. Como ella siempre leía las revistas de buceo de la tienda durante el almuerzo, se me debería haber ocurrido antes que teníamos algo en común: el amor por el buceo. Me sentí avergonzada de mí misma.

—Me gusta el buceo en cuevas —me dijo, mirándome.

—¿De verdad? Eso es peligroso —me aventuré. Además, sabía que exige un montón de entrenamiento. Así que había hecho buceo extremo—. ¿Cuál era tu lugar favorito?

—Niihau.

—"La isla prohibida" —traduje. Había leído acerca de ese lugar.

—Sí, Niihau tiene la vida marina más espectacular que existe, Beverly. Rayas, tiburones, atunes...

—¿Has buceado con tiburones? —le pregunté. ¡Oh! Acababa de conseguir toda mi atención.

—Está lleno de tiburones de aleta blanca —me dijo con mucha calma—. Son unas criaturas magníficas.

Mientras hablaba, la tensión desapareció de su rostro y sus ojos se iluminaron. Por un momento la pude imaginar joven, fuerte y audaz.

—¿Estabas buceando en cuevas cuando ocurrió el accidente?

La luz de sus ojos se desvaneció por completo y pareció otra vez una mujer mayor. Asintió.

—¿Quedaste atrapada?

Hubo un largo silencio.

—Mi esposo quedó atrapado —dijo al fin.

¿Su esposo? Mi tío nunca me había hablado de su esposo.

—Me quedé con él tanto tiempo como pude. Tu tío me jaló para que me fuera. Me quedé sin aire antes de llegar a la superficie.

Esperé mucho tiempo, pero no dijo nada más. Esta vez era yo la que asentía, porque me había quedado sin palabras.

—¿Extrañas bucear? —le pregunté al fin en voz baja.

—Yo miro hacia adelante, Beverly, no hacia atrás. Creo de verdad que tenemos que apreciar la salud y las circunstancias que nos tocan.

Estiré el brazo para tomar otra naranja, aún con el cuchillo en la mano. La de Weniki se cerró rápidamente alrededor de mi muñeca.

—¿Qué pasa? —exclamé. Me apretó tanto que me dolió y por un momento su mirada me asustó de verdad.

—Come un sándwich —me ordenó.

—Te dije que no tengo hambre.

—Y yo te digo que no te vas a hacer esto a ti misma —dijo con firmeza.

Nos miramos a los ojos. Los suyos tenían una mirada decidida y autoritaria.

—No eres mi madre —dije, a la defensiva.

—¿Lo sabe tu madre?

—¿Si sabe qué? —la desafié, deseando que algún cliente entrara a la tienda.

—Soy sorda, pero tengo ojos.

—Bueno, pues úsalos para tu trabajo, Weniki, igual que yo —dije con voz temblorosa.

Salí del cuarto de empleados. Por un segundo sentí que la tienda daba vueltas, pero me aferré al borde del mostrador y logré sentarme en la silla que había detrás.

No fue difícil mantenerme ocupada el resto de la tarde. Trabajé duro para que mi tío se sintiera orgulloso. Y elegí tareas que me mantuvieran tan lejos de Weniki como fuera posible.

Capítulo ocho

Me puse falda y una blusa veraniega para el viaje en barco. No era mi estilo, pero me encantó cómo el viento la levantaba y la azotaba contra mis rodillas en la cubierta. Me encantó que me hacía sentir muy femenina. Me fascinó lo delgada que me sentía con la falda. Y ya tenía un principio de bronceado.

—Tu papá dijo que en Winnipeg está nevando y que están a veintiuno bajo cero

—me comentó el tío Tom. Estaba apoyado en la borda del barco de arrastre y tenía en la mano un vaso de refresco de naranja. Un rocío salado se levantaba de la estela del barco. Los dos habíamos hablado con mi familia esa mañana.

—¡Son unos suertudos! —bromeé, llevando a mis labios un refresco de cola dietético.

—Tal vez te pueda convencer para que regreses al final de las clases, en la primavera —sugirió—. Nunca había tenido un empleado que trabajara tanto como tú.

Le sonreí y entrechoqué mi vaso con el suyo.

—¡Pero la primavera es la época en que Winnipeg es agradable!

—No tan agradable como este lugar —dijo, extendiendo los brazos como un director de orquesta.

—No tanto como este lugar, eso seguro —concordé—. ¿Te he dicho lo agradecida que estoy contigo por estas vacaciones, tío Tom?

—Ni lo menciones. Creo que también es bueno para Weniki tener compañía.

Bajé mi vaso y observé el océano. Sentí como si me acabara de tragar un cubo de hielo.

—Habla muy bien de ti, ¿sabes? Creo que te va a extrañar.

El cubo de hielo imaginario se expandió en mi garganta. Me concentré en la estela del navío. Por eso fui la primera en ver el destello negro y blanco que sobresalía y regresaba al azul del mar.

—¡Mira, un delfín! —exclamé.

—Pues sí —dijo mi tío risueño, como si fuera algo de todos los días—. No me vas a decir que tienen delfines en Winnipeg.

—Claro que sí —dijo Garth, saliendo del cuarto del timón con aire desenfadado—. Saltan de los agujeros en el hielo y te arrebatan pescados de la mano, ¿no?

Solté una risita. Tuvo cuidado de no acercarse mucho a mí frente al tío Tom.

—Pues bien, ahí están las Cavernas Sheraton —dijo mi tío, señalando hacia adelante.

El barco disminuyó la velocidad y soltaron el ancla. Mientras nos poníamos el equipo aparecieron dos tortugas marinas de color verde. No mostraron ningún interés en nosotros cuando dimos un gran salto desde la plataforma de buceo y nos sumergimos limpiamente en el agua. Cuando salí a la superficie lancé una carcajada. ¡Qué divertido!

Descendimos a lo largo de la cadena del ancla. Al llegar al fondo titubeé, porque sentí una fuerte corriente.

"Nada en ella", me dijo mi tío con señas. Moví las aletas con fuerza para mantenerme cerca de él y de Garth. Muy pronto fue como si planeáramos en el agua. De repente, como si hubieran puesto una pantalla de cine en nuestro camino, aparecieron muchos conductos de lava con enjambres de peces tropicales. Estaba tan emocionada, que casi me olvidé de respirar. Era como si todos los pósters de animales marinos que había en las paredes de mi cuarto hubieran cobrado vida.

Garth tenía una cámara sumergible y comenzó a tomar fotos de un banco de pargos de rayas azules. Lo seguí tímidamente, con miedo de quedar a más de un pie de distancia. No hice otra cosa en casi media hora: lo seguía como un perro faldero, lo miraba tomar fotos y asentía cuando él o mi tío Tom me señalaban algo. Igual que ellos, revisaba mis calibradores regularmente. Pero a diferencia de ellos, me sentí exhausta mucho antes de que fuera hora de volver. Al menos ahora estábamos nadando con la corriente.

No sé si me veía cansada o débil, pero mi tío y Garth empezaron a hacerme la señal de "¿Okey?" cada dos segundos y mucho antes de que llegáramos al ancla, y además me hicieron subir primero, cosa que hice con lentitud. Ya en la cubierta me desplomé en el banco más cercano, respirando con dificultad. Estaba muy mareada.

—¡Muy bien, chica! —me dijo Garth dándome un golpecito en la espalda.

—¿Te divertiste? —me preguntó mi tío.

—Muchísimo —respondí.

—Ahora podemos bajar para almorzar y tomar algo —dijo Garth mientras todos nos quitábamos los trajes de buzo. Asentí.

En el salón, me obligué a comer algunas galletas saladas y queso. Era genial estar sentada con un montón de buzos mayores que yo, aunque no pudiera disfrutar del vino con ellos. Una conversación muy entusiasta y una risa fácil llenaron la cabina. Había dos mujeres entre los instructores, pero eran mayores que mi tío. Nadie que pudiera interesarle a Garth.

—Lo hiciste muy bien —me felicitó un instructor.

—Lo sacaste de tu tío —dijo otro.

Garth se sentó junto a mí y dejó su copa de vino en la mesa baja que había frente a nosotros.

—¿Te puedo traer algo? —me preguntó.

—Estoy bien por ahora.

—Necesitas energía para el próximo chapuzón —insistió.

—Espero que no te moleste que no haga el segundo. Estoy un poco cansada.

Garth me miró atentamente, pero no discutió.

—No hay problema. Si quieres puedes descansar en las literas bajo cubierta.

—Me gustaría —dije, reprimiendo un bostezo.

—Te voy a mostrar dónde están.

Dejé que me guiara, con una mano en mi codo y la otra sosteniendo su copa. Afuera del salón me ofreció el vino.

—Para usted, señora mía. Para celebrar su primer viaje de buceo en barco.

Bueno, ¿por qué no? Tomé unos sorbitos. En la cabina, sacó algunas cosas de buceo de una de las literas y me miró mientras me acostaba.

—Que duermas bien, guapa.

Sonreí. El vino me había hecho sentir aún más somnolienta. Estaba muy a gusto. Garth se inclinó sobre mi rostro. No me sentí sorprendida cuando me besó. Fue agradable. No me molestó que acariciara mi cara y me besara de nuevo. Pero entonces sus manos se escabulleron hacia abajo y los besos se volvieron... bueno, más candentes.

—Garth.

—¿Sí, guapa?

—Vine aquí a dormir.

No me hizo caso; estaba demasiado concentrado en otras cosas. Me senté y me golpeé la cabeza con la litera de arriba. Traté de empujarlo, pero no entendía indirectas.

—¡Garth! —grité—. ¡Para ya!

Era mucho más fuerte que yo, pero usé todo el poder de mi codo para tirarlo al suelo. Salté de la litera y corrí al salón. Fui lo bastante lista para alisar mi falda y poner una expresión tranquila antes de entrar. Me apretujé en un asiento junto a mi tío.

—Hola, Beverly. Estábamos hablando de las barracudas. Beverly lee mucho sobre animales marinos —le dijo al grupo—. Apuesto a que puede decirnos algo que no sabemos.

Barracudas, pensé. *Seis pies de alto, tienen dieciocho años y cabello castaño rizado.* Pero no lo dije en voz alta.

—La barracuda —le cumplí el capricho a mi tío— se conoce como el "tigre del mar". Es el más viejo y más exitoso de los depredadores.

Mientras yo hablaba, Garth entró al salón muy tranquilo, recién peinado y con una sonrisa. Me guiñó un ojo como si nada.

Capítulo nueve

Montones de nuevos artículos llegaron a la tienda a la mañana siguiente, así que Weniki y yo estuvimos muy ocupadas marcando los precios y poniendo todo en los estantes. Yo me la pasé ofreciéndome a hacer cosas que requirieran trabajar en la trastienda. Esperaba que eso me ayudara a evitar a Garth si pasaba por ahí.

Más tarde, esa mañana, cuando el tío Tom estacionó en la parte trasera de la tienda, me fui a los fregaderos casi corriendo.

—¡Weniki, yo me encargo de enjuagar esta carga!

Ella me miró y asintió. Con los brazos en el agua hasta los codos, oí que Garth saludaba a mi tío. Me quedé fuera de su vista. Media hora después, cuando me aventuré en la tienda, no sabía muy bien si estaba contenta o desilusionada de que no me hubiera encontrado.

Después de atender a un par de clientes, me puse a pensar qué más podía hacer y me di cuenta de que ya era la 1:00. A esa hora en general el tío Tom ya había traído el almuerzo. Tal vez yo podía ocuparme de eso.

—Voy a traer unos sándwiches de la tienda de al lado —le dije.

Mi tío gruñó algo sin sacar la vista de la computadora, pero Weniki me dijo que sí con un gesto del pulgar. Muy bien, *eso sí* que era un lenguaje de señas que yo podía entender.

En la charcutería, mientras esperaba nuestra orden, el olor de la comida
flotaba a mi alrededor. Mi nariz estaba en
el paraíso. La vista y los aromas pusieron
a prueba toda mi determinación. Poco me
faltó para saltar al otro lado del mostrador,
agarrar puñados de carne y metérmelos a
la boca. Carne, pan, pepinillos, galletas,
lo que fuera.

Ya podía leer los titulares: "Chica famé-
lica se vuelve loca en tienda de alimentos;
explota por haber comido demasiado".

En lugar de eso me pasé la mano por la
plana barriga. Estaba a la mitad de mi obje-
tivo de peso. Y aunque todavía no me había
ido muy bien en el terreno de los novios,
parecía que aquí había muchas más redes
tratando de atraparme que en Winnipeg.
Pensé con una sonrisa torcida que tal vez los
chicos hawaianos reciben *demasiado* sol y
aire fresco.

—La orden de McLeod está lista.

—Gracias —dije, pagando por una vez
con mi propio dinero.

Regresé a la tienda a buen paso y anuncié:

—Llegó el almuerzo. Yo me encargo de la tienda mientras ustedes comen.

Me senté en el banco detrás del mostrador y rogué por que llegara algún cliente. No funcionó.

—Beverly, cariño, acompáñanos mientras no viene nadie —me pidió el tío Tom.

Fui al cuarto de empleados arrastrando los pies y pasé un largo rato preparándome un café. Podía sentir los ojos de Weniki en mi espalda. Decidí hacer algo para sacármela de encima: tomé medio sándwich y lo mordí. Medio sándwich no iba a arruinar mi dieta. No si era lo único que comía.

El rostro de Weniki pareció relajarse.

—Acabaste todo lo que tenía que enjuagar —me dijo. Su voz nasal era suave, y su mirada, amable—. ¿Y ahora qué voy a hacer toda la tarde?

Sonreí.

—¿Enseñarme a llenar tanques?

—Es una buena idea —dijo el tío Tom.

—Y tal vez enseñarme un poco de lenguaje de señas —agregué.

Weniki arqueó una ceja y sus labios formaron una ligera sonrisa. El tío Tom parecía orgulloso de mí.

—Es más lista que el hambre, Weniki. Va a aprender muy rápido. No como yo, ¿verdad?

Weniki lanzó una carcajada y sus arrugados ojos miraron a mi tío con cariño. *Hace unos años él le salvó la vida*, pensé. *El día que perdió a su esposo. Y después la contrató en la tienda.*

—Bueno, voy a seguir peleándome con las hojas de cálculo —anunció mi tío—. Weniki, entretén a mi incansable sobrina como quieras.

Me dio un golpecito en el hombro y se fue a la oficina.

Weniki me dejó mirarla revisar y llenar los tanques toda la tarde. No me separé de su lado excepto cuando tuve que atender a algún cliente. Era un trabajo tan ruidoso que pensé que la sordera era una ventaja.

Admiré sus manos estables y seguras y agradecí sus minuciosas explicaciones. Cuando dieron las 5:00 lo lamenté mucho. Weniki resultó ser la distracción perfecta para no pensar en Garth.

El tío Tom se había ido a las 4:30. Casi acababa de cerrar la puerta detrás de Weniki cuando un suave golpeteo me hizo dar la vuelta.

Garth. Mi corazón se aceleró, pero mis pies no se movieron.

—Perdón, señor, pero ya cerramos —traté de bromear. Se quedó ahí parado, con una gran sonrisa, hasta que abrí la puerta.

—Hola, Bev. Pasé a pedirte perdón. Vine más temprano, pero no estabas.

Qué bueno que no me había encontrado entonces. Lo último que necesitaba era que el tío Tom oyera por error el tipo de disculpa que Garth tenía en mente.

Me quedé parada como una estúpida, sin saber qué decir.

—Olvidé que sólo tienes quince años —dijo. Ahora sí que estaba furiosa, y él

pudo verlo en mi cara—. Quiero decir...
Bueno, estoy aquí para disculparme. Quiero
pedirte una segunda oportunidad, Bev.
Todos merecemos una segunda oportunidad,
¿no? —Puso una cara de cachorrito que le
habría derretido el corazón a cualquiera.
Seguro que era su expresión facial más
ensayada, pero, ¿qué iba a hacer yo?, ¿darle
una cachetada o algo así? Había venido a
disculparse. ¿Era tan terrible que se hubiera
pasado un poco de la raya? Yo no había
nacido ayer. Ni que los chicos de Winnipeg
fueran siempre unos angelitos.

—Disculpa aceptada —dije, tratando de
parecer dura, pero sin poder evitar que se
me escapara una sonrisa.

—¡Genial! ¿Y qué me dices de esta
noche?

—¿Esta noche? --Me pareció escuchar
que mi tío Tom estacionaba en el fondo—.
Voy a preparar la cena para mi tío.

—¿Y mañana por la noche?

Sonreí.

—Eso lo pensaré mañana.

Noté que escuchaba con atención el sonido de la llave del tío Tom en la cerradura de la puerta trasera.

—Bueno, chica-Bev, ¡mañana te busco entonces!

Antes de que la puerta se abriera, Garth ya había desaparecido.

Capítulo diez

—Abe y Garth van a guiar a un par de buzos esta tarde —me dijo mi tío a la mañana siguiente—. Si terminas de llenar los tanques para entonces, puedes acompañarlos.

—¡Gracias, tío!

Me entusiasmé mucho, no por ver a Garth, me dije, sino porque iba a bucear de nuevo. Mi tiempo en Hawái se estaba acabando y cada vez que buceaba me sentía más segura.

—Acaban de conseguir sus certificados, así que no van a hacer nada muy difícil —agregó mi tío.

—¡Está bien!

—Voy a llenar sus tanques —me dijo Weniki por señas.

—Eso lo entendí —le contesté de la misma forma.

Me sonrió.

—¿Quieres ver? —siguió.

Era muy divertido, como hablar en un código secreto. Y Weniki se convertía en otra persona cuando sonreía.

Las dos trabajamos muy duro hasta la 1:30 de la tarde. Después, a pesar de lo cansada que estaba, ayudé al tío Tom a cargar la camioneta. Abe y Garth llegaron justo cuando estábamos subiendo los tanques.

—Oye, déjanos hacer eso, Bev —dijo Garth, bajando de la camioneta de Abe y llegando a mi lado a toda velocidad.

Dejé que me ayudara, porque tenía que guardar mis fuerzas para el viaje. Weniki se me acercó entonces y me dijo por señas algo que no entendí.

Pero el tío Tom sí lo entendió.

—Gracias, Weniki. Beverly, trae a las chicas que están en la tienda —me dijo.

¿Chicas? Entré a la tienda. Dos muchachas delgadas, nativas de Hawái, con el cabello más largo que había visto en mi vida, estaban hablando entre ellas. Hermanas, me imaginé. Vi los papeles que Weniki había dejado en el mostrador para que los firmaran. Decía que tenían diecisiete y dieciocho años.

—Hola, soy Beverly McLeod. ¿Van a bucear con nosotros esta tarde? —les dije, como si fuera una aeromoza dándoles la bienvenida a bordo. Amistosa pero oficial.

—¡Sí! —respondieron, asintiendo con la cabeza y mirándome con unos ojos castaños de largas pestañas.

—Vamos por aquí entonces —les dije—. Estamos todos listos.

Durante el viaje de ida, Garth estuvo más encantador y conversador que nunca. Nos habló mucho sobre la bahía en la que íbamos a bucear; describió con todo detalle el coral de la zona y les aseguró a las chicas que había buceado en casi todas las ensenadas de Kauai.

—¿Qué ensenada te gusta más? —le preguntó una de ellas, sonriendo e inclinándose hacia él.

—¿En qué ensenada vives tú? —respondió Garth en broma.

Noté que Abe ponía los ojos en blanco y sonreía, como si ya hubiera escuchado demasiadas veces los cuentos de Garth, pero la verdad es que no pude más que admirar la forma en que Garth entretenía a nuestras clientas. Era obvio que les fascinaban sus historias tanto como a él le encantaba contarlas. Era un buen *divemaster*, como había dicho el tío Tom.

—Abe —dijo Garth poco después de llegar al sitio de buceo—, ¿qué te parece si hoy eres compañero de una de las chicas *y* de Bev? Somos número impar, así que tiene que ser tres y dos. Yo seré el compañero de la otra chica.

Estaba mirando a la hermana mayor, que estaba parada en bikini, poniéndose el equipo de buceo. Su largo cabello ondeaba en la brisa.

Sabe que he estado buceando tanto esta semana que no necesito atención especial, me dije. *Después de todo ellas son las clientas*.

Nos pusimos nuestros trajes, caminamos un poco en el agua y nos sumergimos. Era agradable bucear con un grupo tan pequeño. Abe y Garth detectaban enseguida a las rayas águila y los peces león. Además eran muy atentos con las chicas. Pensé que las hermanas parecían muy seguras, considerando que apenas habían conseguido sus certificados. Pero claro, se habían criado en la zona. Probablemente habían buceado con *snorkel* desde que eran niñas.

Tomamos un descanso después de cuarenta minutos en el agua y regresamos a la playa. Garth me dio dinero para que comprara bebidas y algo de comer en una tienda cercana. Cuando regresé, todos estaban descansando en la playa, asoleándose un poco, hablando y riendo.

—Así que estaba a punto de salir de los restos del naufragio —estaba contando Garth en voz muy alta—, cuando un grupo de tiburones martillo pasó al otro lado de un ojo de buey.

—¡Ooohhh! —exclamó la hermana mayor con los ojos como platos, mientras se ponía aceite bronceador en círculos alrededor del ombligo.

—¿Y qué hiciste? —preguntó la hermana menor.

—Bueno, tomé mi cámara y empecé a fotografiarlos, pero el flash atrajo su atención y bajaron la velocidad para verme.

—¡Oh, no! —dijeron las hermanas a coro.

—Tuve que esconderme en un armario dentro del barco hasta que se fueron —dijo Garth.

—Pero vivió para contarlo —concluyó Abe y se sentó para tomar el refresco que yo había puesto a su lado.

—Ah, gracias, Bev —dijo Garth, levantando la mirada.

Nuestra segunda zambullida fue más corta y me aburrí un poco, pero las chicas parecían encantadas, a juzgar por lo que comentaron durante todo el viaje de regreso. En realidad no sé si hablaron todo el tiempo, porque yo me dormí en el asiento trasero. Me alegró haber tomado esa siesta, porque después de que organizamos el equipo y nos despedimos de las chicas, Garth entró muy tranquilo a la tienda.

—Entonces, *Miss* Winnipeg, ¿puedo al fin llevarla de paseo por Kauai esta noche, empezando por la cena?

Por suerte mi tío no estaba, porque Garth se me acercó mucho y me pasó la mano por el cabello.

Pude sentir el olor de la sal y de la crema bronceadora en sus hombros. Medio deseé que me besara de nuevo, ahí mismo, pero entonces vi con el rabillo del ojo que algo se movía. Cuando me alejé de Garth y miré hacia ahí ya no había nadie, pero me imaginé que había sido Weniki.

—Muy bien —contesté—, pero quiero darme un baño. Te veo en el restaurante.

Mencionó uno a pocas cuadras de distancia. Me dijo a qué hora.

—Nos vemos, chica-Bev —se despidió y, mientras salía de la tienda, me guiñó un ojo.

Me di una ducha y bajé la escalera con mi vestido de verano favorito y unas sandalias de tacón. Eran las 5:30. Me sorprendió que Weniki siguiera ahí.

—Voy a la biblioteca —mentí—. Ya le dejé una nota a mi tío Tom.

Asintió, pero en su rostro no quedaba nada de la amabilidad de esa mañana.

Capítulo once

—Te ves espectacular sin el traje de buzo —exclamó Garth cuando llegué a la puerta del restaurante. Él se veía guapísimo con una camisa de seda.

—Tus pies son mucho más chicos sin aletas —seguí la broma.

—Y hueles muy bien —dijo, inclinándose y aspirando con fuerza.

—¿Todos los chicos hawaianos son tan conquistadores como tú?

—Ni de cerca —contestó, abriéndome la puerta con una sonrisa enorme.

El encargado nos llevó a una mesa con un lindo mantel, cerca del escenario, donde ya estaba listo un grupo de cuatro músicos. Nunca antes había estado en un lugar como ése. Noté enseguida que la mayoría de las mujeres estaban mucho mejor vestidas que yo y sentí que se me formaba una capa de sudor en la frente.

—Media botella del vino tinto de la casa —le dijo Garth al mesero que vino a atendernos. Él volteó a mirarme.

—¿Tienen usted y la dama algún documento que demuestre que son mayores de edad?

Garth bajó la lista de los vinos y arqueó una ceja fingiendo asombro.

—La dama y yo no traemos nada semejante. ¿Es necesario? ¿Está seguro?

El mesero se movió en su sitio, nervioso, sin dejar de mirar a Garth.

—Tal vez no, señor. Media botella del vino tinto de la casa.

Apenas podía creerlo. ¿El mesero no nos iba a dar problemas? Ese Garth y su encanto.

Garth me sonrió y abrió un menú para los dos. Le eché un vistazo y sentí que las palabras bailaban frente a mis ojos. Después de un intenso día de trabajo, dos zambullidas y un baño de sol, ya no podía más. A fin de cuentas, esos minutos de siesta en la camioneta no habían servido de nada.

Me esforcé por concentrarme y me di cuenta, con horror, de que Garth pensaba pagar mucho dinero por platillos que yo no podía comer. Después de casi una semana de inanición, no podía ni mirar la comida. Hasta pensar en eso hacía que mi estómago se retorciera. Claro que todo estaba en mi cabeza, pero así eran las cosas. ¿Qué estaba haciendo entonces en un restaurante donde cada platillo costaba más de lo que ganaba Garth en varios viajes de buceo? ¿En qué estaba pensando cuando acepté esto?

Tomé mi vaso de agua. El zumbido de las conversaciones en el cavernoso restaurante hacía que me palpitara una vena en la frente.

—Estoy pensando en el filete con camarones —dijo Garth y esperó muy cortés.

—Yo voy a empezar con la ensalada de apio y nuez —dije, apretando la mandíbula para evitar un bostezo.

—¿Y después?

—¿Puedo no pedir nada más por ahora? —esperé que no sonara como una súplica.

—Estás guardando espacio para el postre, se nota —bromeó.

Entrechocamos nuestras copas de vino. Contra toda sensatez, tomé unos sorbitos. Garth ordenó la comida mientras el grupo comenzaba a tocar.

—¿Las chicas de Manitoba bailan? —preguntó, tomándome de la mano.

Me di cuenta de que no tenía alternativa y dejé que me llevara a la pista de baile. Su cuerpo se movía, muy relajado, al ritmo de la música. Me dio ánimos con su sonrisa, pero como yo no estaba acostumbrada a usar tacones y, además, estaba exhausta, no dejaba de tambalearme.

Cuando uno de los tacones se dobló bajo mi peso, él me sostuvo a tiempo.

Me envolvió en sus brazos conforme bajaba el ritmo de la música. Así era más fácil. Dejé que me guiara en cámara lenta y me apoyé en él para no caerme. ¿Había algo raro en el brillo de las paredes o en mis ojos? Miré el techo, las mesas y a los músicos. Todo tenía estrellas. Estrellas negras. Entonces Garth me giró de repente y estuve a punto de caerme, pero él me atrapó al vuelo y me levantó.

—Bev, ¿estás bien?

—Un poco mareada o algo así.

—¿Te mareas a menudo? —Le salió su entrenamiento de primeros auxilios. Pensé como entre sueños que era un buen *divemaster*.

—Tengo un principio de migraña.

—Oh.

—Creo... que deberíamos... sentarnos, tal vez. Perdón.

—No hay problema —dijo, pero me di cuenta de que estaba decepcionado. Se había puesto tan elegante y le tocaba un desastre como compañera de baile.

No era el vino, pensé mientras veía que la mesa giraba hacia nosotros. No podía ser, no tan pronto. Quizá la ensalada me ayudaría. Me hundí en la silla y miré mi regazo. Era lo único que no tenía estrellas negras.

Después de un rato me atreví a levantar los ojos. Garth me estaba mirando fijamente.

—Tu cara está blanca como un papel —dijo en voz baja—. ¿Estás segura de que estás bien?

Asentí con la cabeza y busqué mi vaso de agua. Tenía sed, muchísima sed. Bebí a grandes sorbos y me di cuenta muy tarde de que había tomado la copa de vino. Sentí cómo se deslizaba el líquido hacia mi encogido y débil estómago. Era como lanzar un fósforo a un tanque de gas vacío. Mientras una batalla interna hacía erupción, me obligué a sonreírle a Garth.

Llegó nuestra comida. Mi temblorosa mano me llevó a los labios un bocado de apio y nueces. Me forcé a abrir la boca. La comida se lanzó a la batalla, pero era demasiado tarde.

—Perdóname un momento —farfullé mientras me levantaba e iba hacia el baño de damas.

Cómo llegué, no lo sé. Creo que alguien me ayudó. Tiene que haber sido una dama, porque me aferré a ella todo el camino, hasta la puerta del retrete. Cuando salí — no sé muy bien cuánto tiempo después—, una mesera con delantal la había reemplazado. Y Garth estaba afuera del baño, listo para ocuparse de mí. No sé si pudo comer algo de su filete con camarones. Mi memoria es un poco borrosa y hay cosas que no recuerdo, pero sé que los gastos de esa noche también incluyeron un taxi para llevarme a casa. Y de algún modo el tío Tom entró a escena. Él y Garth iban uno a cada lado de mí mientras flotaba por las escaleras del apartamento. Creo que recuerdo haber pedido "perdón" un par de veces.

¿Se habrá acordado Garth de decirle a mi tío que habíamos estado en la biblioteca? ¿Le había dicho yo a Garth que se suponía que estaríamos en la biblioteca? Seguro que nuestro aliento no olía como si hubiéramos estado en la biblioteca.

Ésa sí que no fue una cita exitosa, pensé mientras hundía la cabeza en la almohada.

Apenas escuché los susurros de Garth y del tío Tom del otro lado de la puerta mientras me sumergía en un profundo sueño.

Capítulo doce

Me desperté tarde, pero el tío Tom no estaba abajo, en la tienda. Me esperaba en la mesa del desayuno. Llenó un plato de cereal y lo puso frente a mí. Después de un minuto de mirar el plato, me di cuenta de que mi tío estaba de pie, observándome como un guardián, así que comí algunas cucharadas. ¿Qué más podía hacer?

—A veces tengo migrañas —dije—.

De verdad que lamento haber dado problemas anoche.

Mi tío se aclaró la garganta.

—Me hubiera gustado saberlo. ¿Tienes
alguna medicina para eso?

—Sí.

Es verdad que me dan migrañas. No a
menudo, pero sí cada tanto. En general, con
una simple aspirina y una siesta es más que
suficiente. Mis migrañas nunca antes habían
decorado las paredes con estrellas negras.
Pero si mi tío no se lo creía, iba a estar en un
verdadero lío.

—Supongo que más vale que llame hoy
a Garth para darle las gracias —dije.

—Tienes mucha suerte de que él sea un
joven responsable.

¡Ja!, pensé, pero asentí y miré a mi tío a
los ojos.

—Sí, lo sé.

—Cuando me preguntó si podía
mostrarte Kauai, no me di cuenta de que la
idea era salir en plan romántico. Ni lo pensé,
por la diferencia de edad entre ustedes.

Sumergí la cuchara en el cereal, sin atreverme a mirarlo.

—¿Puedo dar por hecho que nada de eso está pasando aquí?

—Sí, tío Tom.

—¿A pesar de que no estaban en la biblioteca? —dijo, subiendo la voz.

Mi cuchara removió el cereal.

—No estaba segura de si me dejarías salir a cenar con él antes de que me llevara a conocer la ciudad. Tenía miedo de que pensaras que era algo que en realidad no era.

Los dedos del tío Tom tamborilearon sobre la mesa. Como era soltero, este papel no le salía muy bien. Le sonreí y toqué su mano.

—Lamento mucho lo de anoche, tío Tom. Es raro que me den migrañas. Y ahora ya desapareció. Estoy bien.

Sus dedos dejaron de moverse y su rostro se suavizó. Se levantó de la mesa.

—Perdóname que haya tenido sospechas, Beverly. Confío en ti, querida. Bueno, mañana es Navidad. Garth se ofreció a llevarte a bucear al desembarcadero de Koloa. ¿Te sientes lo suficientemente bien para eso? Voy a ir con ustedes si me puedo escapar, pero si no, tendremos la cena de Navidad cuando regreses. Invité a Weniki. Ella no tiene familia —dijo y me sonrió—. Además, es una cocinera genial, así que tienes menos probabilidades de comer pavo medio crudo y coles de Bruselas demasiado cocidas.

Lo miré con una sonrisa.

—Genial, tío Tom. Es un plan excelente.

Esa mañana no me había pesado, pero calculaba que había bajado una libra o dos más, así que podía permitirme comer un poco en la cena de Navidad. No les iba a arruinar la fiesta a ellos por no querer comer.

Capítulo trece

—Weniki dice que éste es el mejor lugar de buceo en Kauai —dije, asomando la cabeza por la ventanilla de la camioneta *pickup* de Garth para dejar que el viento me revolviera el cabello.

Garth bajó un poco sus lentes de sol y me miró de lado.

—Weniki es una mujer muy sabia. Y tú pareces una niñita emocionada.

—También dijo que tuviéramos cuidado —agregué, metiendo la cabeza de nuevo.

—Es por eso que elegiste al mejor *divemaster* de la isla —dijo y me pasó el brazo por los hombros para acercarme a él.

—Y el más modesto —Le di un golpecito en el brazo—. Weniki y yo llenamos los tanques juntas. Me está entrenando para ser "edecán de tanques".

Garth lanzó una carcajada.

—¿En serio? ¿Planeas quedarte con la tienda de tu tío?

—Nunca se sabe. Si eso pasa, te daré todas las horas que quieras.

—Ah, entonces más vale que te tenga contenta —dijo, muy seguro de sí mismo, mientras estacionaba cerca de la rampa de inmersión. Salió de un salto y abrió la parte trasera de la camioneta. Descargamos el equipo y nos pusimos los trajes en tiempo récord. Después de la revisión en pareja, remolcamos nuestra boya un cuarto de milla, hasta donde descendía el arrecife de coral.

—¿Lista, chica-Bev?

—Lista, chico-Garth.

Teníamos el equivalente a sesenta minutos de aire, pero Garth parecía tener prisa. Aunque yo movía las aletas tanto como podía, noté que él hubiera deseado ir más rápido. *Estoy súper fuera de forma*, pensé. Me costaba respirar. Cuando él bajó el ritmo al fin me sentí aliviada. Estaba exhausta. Volteó a verme y me hizo la señal de "¿Okey?".

"Estoy bien", le respondí con señas. Revisó su calibrador y después el mío, dos veces, como si le sorprendiera lo mucho que ya había gastado de mi suministro de aire. Mientras avanzábamos a lo largo del arrecife, las impresionantes formaciones de coral atraparon mi atención. Enormes bancos de peces nadaban justo frente a nuestras máscaras. Me detuve para echarle un ojo a un grupo de camarones. Al ver cómo descansaban algunos de ellos en agujeros en el coral, sentí un irresistible deseo de hacer lo mismo.

El tiempo pasó muy rápido. Cuando Garth me hizo la señal de "Subir", le respondí con la de "Okey". Él impuso el ritmo. Era lento y agradable. Qué bueno. Estaba tan cansada que veía estrellas negras al cerrar los ojos. La idea de desmayarme bajo el agua me asustó. *Más vale que coma algo antes de bucear de nuevo*, pensé.

Después de nadar a una parte vacía de la costa, ya no tenía fuerzas para nada más. Salí del agua arrastrándome y me desplomé. Garth me ayudó a sacarme el traje de buzo y extendió una toalla sobre la arena.

—Descansa, guapa —dijo.

Descansé. Creo que hasta me dormí bajo el cálido sol. Me desperté al sentir un hilito de agua deslizándose por mi cuello. Abrí los ojos. Garth estaba acostado junto a mí, con una gran sonrisa y una botella de agua en la mano.

—El *divemaster* dice que necesitas rehidratarte. Abre la boca.

Sonreí y me apoyé en un codo para tomar agua. Una gota corrió por mi barbilla. Garth la atrapó con un dedo y después rozó el contorno de mis labios. Me atrajo hacia él y comenzó a besarme. Yo todavía no estaba completamente despierta. Me hubiera gustado tomar más agua. Tenía sed, me sentía débil y desorientada.

Sus manos me estaban acariciando, más lentamente que la última vez.

—Chica-Bev.

Quería decirle que me dejara en paz, que me dejara dormir. Extendí una mano para tomar la botella de agua. Él la interceptó y la puso en su pecho. Luché un poco, pero entonces pensé: *¿Qué más da? ¿No hice la promesa de que bajaría diez libras y conseguiría novio? ¿No logré ya las dos cosas?* Me quedé acostada como una muñeca de trapo.

Pero todo se puso demasiado intenso en segundos. Entré en razón y usé toda la fuerza que pude reunir para quitarme su peso de encima, darme la vuelta y alejarme arrastrando. Seguí así hasta la camioneta, que ondeaba como un espejismo al sol de mediodía. Quería entrar y trabar la puerta por dentro.

Miré hacia atrás. Vi que Garth daba un puñetazo contra la arena, pero que no me seguía. Finalmente no llegué hasta la camioneta. Me acosté bocabajo, deseando que la botella de agua estuviera cerca. Deseando no haber aceptado ir a bucear ahí. Deseando no haberle mentido al tío Tom. Y consciente de que necesitaba comer.

Capítulo catorce

Supongo que me dormí de nuevo. Me despertó el olor del chocolate. Garth estaba pasando una barra de chocolate bajo mi nariz como si fueran sales aromáticas. Me senté.

—Creo que necesitas comer algo —me dijo, entrecerrando los ojos—. Y también tomar algo.

Me dio una bebida energética. Me levanté con esfuerzos y la bebí con ansias, de un golpe.

Agarré el chocolate y le di un mordisco. Increíble. El chocolate recorrió mi boca, despertando todas mis papilas gustativas. Cerré los ojos y me lamí los labios. Me sentí revivida. Me sentí genial, lista para bailar al ritmo de las olas que rompían cerca de nuestros pies. Miré a Garth, preguntándome si estaría enojado conmigo. Estaba engullendo un sándwich sin dejar de mirarme. Me sonrió.

—Así que al fin descubrí tu secreto. El chocolate es tu debilidad —dijo. Se levantó de un salto y sacó de la camioneta nuestros segundos tanques—. Bueno, manejamos mucho hoy como para conformarnos con una sola zambullida, Bev. ¿Lista para ponerte el traje?

Pensé en protestar, pero no lo hice. Tenía la vaga sensación de que le debía algo. Así que le di otro mordisco al chocolate, tomé un poco de agua y lo seguí.

No me apresuró en el camino a nado hasta la boya. El sol caía con fuerza, la espuma blanca de las olas nos salpicaba la cara y el arrecife era tentador. Era un día perfecto. Yo tenía energía. Bueno, más que antes.

Diez minutos después, nos deslizábamos a lo largo del fondo arenoso, a cuarenta pies de la superficie, cuando Garth me dio un golpecito en el hombro. Seguí la señal de su dedo hasta un tamboril de manchas blancas. *Es como si tuviera sarampión*, pensé al ver sus manchas, sus grandes ojos y regordeta nariz.

Garth inspeccionaba todas las cavidades de las paredes rocosas. Frente a una de ellas movió las aletas con emoción y me hizo señas. Cuando me acerqué, me tomó de la mano y me atrajo hacia él. Sentí que rozaba el arrecife y que algo se aflojaba en mi cintura.

Miré hacia abajo. Mi estúpido cinturón de lastre. No lo había apretado lo suficiente y se me estaba cayendo. Temí que se soltara y comencé a tratar de arreglarlo. Entonces sentí que las manos de Garth se cerraban sobre mi cadera y me jalaban. Lo empujé. *Ahora no,* Garth.

Las manos volvieron. Esta vez me enojé. Parecía que no era capaz de controlarse, ni siquiera en el agua. Levanté el broche de la hebilla de mi cinturón y traté de apretar la correa, pero entonces Garth chocó contra mí. La correa se soltó y el cinturón se deslizó hasta mis muslos. Perdí los estribos. Apreté el botón de mi chaleco para que se inflara y poder alejarme de él enseguida. Al mismo tiempo lo pateé, y fuerte. Un instante después, sentí que mi cinturón de lastre rozaba mis rodillas. Estuve a punto de agarrarlo, pero no pude.

Oh-oh. Sin cinturón de lastre, me fui directo a la superficie. Apreté la válvula de mi chaleco para desinflarlo un poco. Al menos recordé que eso me ayudaría a bajar la velocidad. Estaba subiendo demasiado rápido. Seguí apretando la válvula y exhalando. Sabía que tenía que exhalar para que el aire de mis pulmones no se expandiera sin control.

Todo el tiempo creí que las manos de Garth iban a aferrar mis aletas y a jalarme, pero, ¿no acababa de patearlo? Tal vez estaba enojado. O tal vez no había podido alcanzarme. Sin mis pesas no podía regresar con él para averiguar lo que había ocurrido.

Los cambios de presión estaban inflando mi chaleco más rápido de lo que yo podía desinflarlo. Sentí un hormigueo de miedo en todo el cuerpo, pero no tuve un ataque de pánico. Sabía que estaba haciendo todo lo que podía. Miré hacia abajo. Entonces vi a Garth, ascendiendo con las manos en alto. Venía muy rápido, en medio de una nube de burbujas. Miré hacia arriba. El agua, de un azul oscuro, se volvía blanca donde la penetraba el sol.

Al llegar a la superficie inhalé el aire fresco con fuerza y después sumergí la cabeza para buscar a Garth. Llegó junto a mí a toda velocidad, sin máscara y con los ojos cerrados. Tenía el regulador fuera de la boca y sangre en el cabello mojado, bajo un chichón que le coronaba la frente. Su chaleco estaba inflado.

—¡Garth! —grité.

Lo agarré de los hombros y lo sacudí. No abrió los ojos. Mi corazón dio un vuelco. Inconsciente. No. Por favor, no.

Traté de inflar más su chaleco, como se suponía que tenía que hacer, pero entonces me di cuenta de que ya estaba completamente inflado. Era por eso que flotaba tan alto. *Es un* divemaster, pensé. *No dejaría que su chaleco se inflara tanto. Tendría que haberlo ido desinflando en el camino para subir más lento.* Con dedos temblorosos inflé más el mío para poder sujetar mejor a Garth. Entonces tomé el silbato de mi chaleco y lo soplé, frenética. Unos buzos que estaban en la rampa de inmersión voltearon a verme. Agité los brazos como loca, una señal de auxilio. Dos buzos que aún no se habían acomodado los tanques se pusieron las aletas y los *snorkels* a toda prisa, se lanzaron al agua y nadaron hacia nosotros.

Me colgué la máscara al cuello e incliné la mejilla sobre la boca de Garth. No pude sentir su respiración. Con el corazón palpitando enloquecido, puse mi mano en su nuca y me alcé lo suficiente para darle tres rápidos respiros.

Respondió tosiendo un poco de agua. Me invadió un gran alivio.

—¡Garth! —le grité. No respondió, pero ya estaba respirando. Mientras los buzos se acercaban, me exprimí el cerebro tratando de recordar qué más me habían enseñado en el entrenamiento.

Deshazte de su equipo para que sea más fácil arrastrarlo. Cuando busqué la hebilla de su cinturón de lastre me di cuenta de que no lo traía. Se lo había quitado para subir más rápido a la superficie. ¿Para perseguirme? ¿Para salvarse?

El primer buzo llegó hasta nosotros.

—Inconsciente, pero respira —reporté—. No tengo fuerzas para arrastrarlo.

Maldije mi estúpida dieta. Qué suerte que esos buzos estuvieran cerca.

El buzo asintió y revisó de inmediato la respiración y el pulso de Garth. Después, manteniéndolo de espaldas, aferró su chaleco y, extendiendo sus propios pies y brazos a los lados de Garth, nadó hacia atrás con fuerza para llevar el cuerpo de la víctima hacia la costa.

Era una posición de arrastre que yo había practicado muchas veces con mis amigos de buceo de Manitoba. Siempre había sido un ejercicio divertido. Pero no era nada divertido ver a este buzo tirando del cuerpo lánguido de Garth.

—¿Estás bien? —me preguntó el otro buzo.

—Sí —dije, pero la verdadera respuesta era "débil".

Mi pecho subía y bajaba por el esfuerzo de regresar a la costa. En el camino deseé mil veces haber comido bien durante la semana anterior. Deseé mil veces no haber pateado a Garth.

Me pregunté qué había hecho yo para que pasara esto. Él era un *divemaster*: era capaz de recuperarse de cualquier cosa. Pero mientras nadaba lo entendí todo. Mi patada le debía haber desacomodado la máscara y el regulador a la vez, y mi cinturón de lastre debía haberle caído en la cabeza. Aturdido y buscando a ciegas su regulador, había tragado agua. Sus instintos de *divemaster* lo hicieron intentar un ascenso de emergencia. Fue por eso que se arriesgó a tirar su cinturón y a inflar por completo su chaleco. Esperaba llegar así a la superficie antes de desmayarse. Casi lo había logrado.

Los buzos en la costa rodearon a Garth.

—No tenemos teléfono —me dijo uno—. ¿Y ustedes?

Reuní todas las fuerzas que me quedaban y corrí hasta la camioneta de Garth. Revolví sus cosas hasta que encontré su celular. Marqué el número de emergencias.

Capítulo quince

Recuerdo que llegó la ambulancia. Recuerdo que una patrulla de policía me llevó a casa. Recuerdo a Weniki y al tío Tom sonsacándome toda la historia. Y todavía me acuerdo de que Weniki me dio de comer un poco de pavo con salsa de arándanos antes de meterme a la cama. Pero más que ninguna otra cosa, recuerdo el sueño que lo invadió todo en el instante en que mi cabeza se hundió en la almohada.

Yo estaba vestida con un abrigo de piel. Eso es estúpido, porque no tengo un abrigo de piel ni nunca usaría uno. Pero el caso es que tenía puesto un abrigo de piel y estaba corriendo descalza alrededor de un agujero en el hielo, en un lago de Manitoba. Tragaba aire con fuerza, aterrada. Apretaba el abrigo contra mí, porque lo único que tenía debajo era un bikini. Sabía que no me veía bien en bikini y tenía miedo de que el abrigo se abriera y mi cuerpo gordo y pálido quedara expuesto.

Corría alrededor del agujero a toda velocidad, con Garth persiguiéndome muy de cerca. Yo estaba segura de que quería empujarme al oscuro círculo de agua. Me gritaba algo, pero mi fuerte respiración apagaba su voz. Estaba a punto de alcanzarme. Y entonces lo oí.

—¡Aléjate de la orilla!

Cuando me detuve por un segundo, Garth me agarró y me alejó del borde del agujero. Me quedé parada, confundida y temblando, con los pies descalzos entumidos. Garth me miró, pero no a los ojos:

miró el abrigo. Lo abrió con las manos, miró fijamente mi bikini y movió la cabeza como si estuviera desilusionado. Temblé todavía más. Quería llorar.

Pero cuando al fin habló, no dijo lo que yo esperaba.

—Bev —dijo con una mirada muy triste—, no estás comiendo lo suficiente. Me has decepcionado. No puedes bucear en estas condiciones. No es seguro.

Entonces soltó el abrigo, que otra vez cubrió mi cuerpo. Volteé a ver el agujero en el hielo. Sentí que una especie de fuerza salía del hoyo, algo muy poderoso que me buscaba y que tiraba de mí, que me aspiraba.

Extendí los brazos hacia Garth y él me agarró de la cadera. Estaba tratando de ayudarme, pero la fuerza era más poderosa que él. Cuando me arrancó de sus brazos, Garth se desplomó en el hielo, inconsciente. Comencé a gritar.

El tío Tom y Weniki me oyeron y vinieron hacia mí deslizándose y resbalando por el lago. Al mirar el cuerpo inerte de Garth, mi pánico fue reemplazado por furia.

Clavé los dedos en el hielo y me alejé del hoyo usando las uñas. Resistí el poder del agujero con todas mis fuerzas, hasta que el tío Tom y Weniki me alcanzaron e impidieron que siguiera resbalando hacia el hoyo. Llegué a gatas hasta Garth.

—¡Garth! ¡Garth! —grité.

La mano de Weniki estaba en mi frente. Abrí los ojos.

—Es una pesadilla —dijo.

Miré a mi alrededor, estaba en mi cuarto. Mi tío estaba junto a ella. Ninguna luz se colaba por debajo de la cortina. Era la mitad de la noche.

—Tuve una pesadilla —confirmé.

Weniki me acercó a los labios un vaso de agua.

—¿Cómo está Garth? —me arriesgué a preguntar.

—Le salvaste la vida al mantener la calma, Beverly —dijo el tío Tom—. Pero tú y yo tenemos que hablar sobre tu dieta y tus mentiras, y Garth va a tener que explicar parte de su conducta —dijo, haciendo una pausa para que sus palabras tuvieran un mayor efecto. Entonces me tomó de la mano—. Como buzo, ayer hiciste todo lo correcto. Estoy orgulloso de ti. Él va a estar bien.

¿Que hice todo lo correcto? No era verdad y yo lo sabía. Cuando sus manos rodearon mi cadera bajo el agua, quería ayudarme con mi cinturón de lastre. Ahora podía entenderlo. Garth no había tratado de abrazarme. No se merecía una patada. Estuve a punto de matarlo.

Capítulo dieciséis

Huevos, panqueques con moras azules y tocino llenaban mi estómago mientras atravesaba el pasillo del hospital de camino al cuarto de Garth. Pero esa mañana me deleitaba con todas y cada una de esas calorías. Por supuesto que el tío Tom me estuvo rondando hasta que se aseguró de que me lo hubiera comido todo.

La puerta estaba entreabierta. Vacilé antes de tocar.

—Bev —me dijo Garth con una sonrisa torcida. Estaba sentado en la cama, leyendo una revista de buceo. Una pequeña venda le adornaba la frente. En una mesa del otro lado de la cama había media docena de arreglos florales y una caja de chocolates casi vacía.

—¿Empiezo con una disculpa o con un gracias? —me dijo con una expresión un poco avergonzada—. Si te certifico como *divemaster* honoraria por haberme salvado la vida y admito que probablemente me merecía esa patada (aunque tal vez no en ese momento), ¿podemos seguir siendo compañeros de buceo?

Extendió la mano para tomar la mía.

Me senté en la silla junto a la cama, pero no le di la mano.

—Garth, fui una estúpida. Pensé...

—Claro que lo pensaste. Oye, ¿no te dije que medio me lo merecía?

Su mirada parecía llena de verdadero arrepentimiento.

—Pero nunca imaginé...

—¡También los *divemasters* tienen

cabezas suaves! Recuérdalo ahora que eres una *divemaster* honoraria, chica-Bev.

Traté de sonreír y lo miré a los ojos.

—Los accidentes pasan —siguió--. Lo que importa es lo bien que reaccionaste. Bev, me salvaste la vida. Te lo agradezco, ¿está bien? —dijo. Entonces extendió la mano y tomó la mía de mi regazo—. El resto es... —hizo una pausa y me miró risueño— agua bajo el mar.

—Fue una suerte que esos buzos estuvieran cerca.

—Sí, sobre todo porque la Olivia de Popeye no había estado comiendo su espinaca últimamente. Al menos eso me explicó tu tío por teléfono esta mañana. Me debí haber dado cuenta hace mucho. ¿Cómo se te ocurre, Beverly McLeod, combinar la inanición con el buceo?

Sonreí débilmente.

—Ya aprendí la lección, señor *Divemaster*.

—Y puede ser que yo también haya aprendido una —dijo con pesar, apretando mi mano antes de soltarla—. Oye, ¿crees que escribirán un artículo sobre esto en una de las revistas de buceo? —levantó su revista y la agitó—. No hay nada mejor que las dramáticas experiencias casi mortales y enterarse de cómo se las arreglaron los protagonistas para sobrevivir, ¿verdad?

—No creo que tengamos que divulgar todos los detalles de cómo pasaron las cosas.

—Me alegra que estemos de acuerdo en eso —me dijo con un guiño, pero entonces su expresión se volvió seria—. Supongo que he perdido una buena fuente de trabajos de buceo.

—No estés tan seguro. Mi tío hace muchos viajes sin clientas mujeres.

Garth sonrió e hizo como que se arrancaba una daga del corazón.

—Si yo hubiera tenido alguna idea, cuando te conocí, de que eres tan capaz de tomar el control cuando no te queda otra... quiero decir, de verdad que cuando tomas el control eres una bomba... —No pude contener la risa—. Bueno, si lo hubiera sabido, te habría invitado a salir mucho antes.

—No lo dudo.

Lanzó un exagerado suspiro. Un golpe en la puerta nos hizo voltear.

—Su almuerzo, Sr. Olsen —dijo una bonita chica de uniforme a rayas de unos diecisiete años, entrando con una bandeja en una mano y un ramo de flores en la otra. Me saludó mientras lo dejaba todo en la mesa—. Y llegaron más flores. Parece que es el paciente más popular de este piso.

—Por supuesto, que no se te olvide, y además estoy completamente disponible para ayudarte a acomodar las flores más tarde —le dijo Garth guiñándole un ojo, pero entonces se puso serio—. Ah, Laurel, te presento a mi novia, Bev. Bev, ésta es Laurel, la más amigable voluntaria de este encantador establecimiento.

—La más tolerante, al menos —dijo Laurel con una sonrisa y un guiño—. ¡De verdad que te conseguiste a todo un conquistador!

—Laurel —dijo Garth—, ¿me harías un favor y le traerías una bandeja a Bev?, se está muriendo de hambre.

—Claro, no hay problema —dijo Laurel antes de que yo pudiera protestar.

—¿Ves? —me dijo Garth muy risueño—, le caigo bien a la voluntaria del hospital. ¿Semejante recomendación no amerita que me des otra oportunidad?

Arqueé una ceja mientras aparecía mi bandeja.

—El pez luna no nada con las barracudas —contesté—, y además mañana vuelo a Manitoba.

Asintió muy serio.

—¿Tienes muchos novios allá?

Me tardé en contestar porque estaba muy ocupada comiendo mi almuerzo. Cuando ya no había nada en el plato, dije:

—He decidido que necesito un novio tanto como tú necesitas otro cinturón de lastre en la cabeza.

Garth se tocó la venda de la frente.

—Como sea es un *souvenir* muy original, y tal vez alguien escriba sobre nosotros.

Hice una mueca y me levanté sin prisas.

—Pues bueno, ha sido toda una experiencia conocerte, Garth Olsen. Gracias por ser mi mejor compañero de buceo en Kauai —le dije solemnemente. Y de verdad lo sentía.

—Ya regresarás, Bev. Y todavía te debo un paseo por la isla. Pero si antes de eso siento la urgencia de ir a bucear en el hielo, ¿te puedo buscar?

—Claro —le dije riendo y le planté un beso en la frente. Subió la mano y me atrajo hacia él para darme un beso en la boca. No tuve quejas. Entonces me giré para irme, pero tenía una cosa más que hacer.

Mis dedos se deslizaron por la cama hacia la caja de chocolates de la mesilla.

—Toma dos, *Miss* Winnipeg —me dijo Garth, y eso hice.

orca soundings en español

Enseguida te presentamos un fragmento de otra emocionante novela de Orca Soundings en español, *El soplón*, de Norah McClintock.

978-155469-315-3 $9.95 pb

Josh tiene que aprender a contener su ira para salvarse.

Capítulo uno

Se suponía que fuera algo fácil. Me dijeron que podía escoger: "Puedes ir al programa de control de ira que, básicamente, consiste en sentarse entre un grupo de fracasados una vez a la semana y hablar de las cosas que te hacen perder el control, decir lo que has hecho para controlarte y evitar darle golpes a la pared o a otra persona; o puedes participar en un programa especial donde te enseñan a entrenar perros".

Bueno, déjenme pensar, ¿puerta número uno o puerta número dos?

Opté por entrenar perros. Tenía que ser mejor que sentarse frente a un montón de desquiciados agresivos, ¿verdad? Además, ¿qué ciencia podía tener?

La señora de la recepción me dijo que fuera al cuarto de entrenamiento. Allí estaba Scott parado en el mismo medio, con otros chicos. Volteó al abrirse la puerta. Sonrió al verme como si nada hubiera sucedido, como si todavía fuéramos amigos. Sonrió de medio lado, con esa sonrisa que lo hace lucir idiota. No le devolví la sonrisa. Mis manos se contrajeron en dos puños.

—Hola, Josh —dijo alguien a mis espaldas.

Giré, pensando que era otro conocido de mi vida pasada. No tendría nada de particular. Ya con Scott tenía bastante, así que no importaba si empeoraba la situación.

Era el señor "Llámame Brian" Weller, encargado del programa. Nos encontramos una vez, justo después de inscribirme. Antes de ser aceptado, te hacen una entrevista. Las preguntas son, mayormente, sobre tu experiencia con animales: si has tenido una mascota, si te gustan los animales, o qué piensas de la gente que les hace daño. Les dije que nunca había tenido uno y que no estaba seguro de si en realidad me gustaban. Con eso, pensé que no me aceptarían y me mandarían a otro programa. Pero no fue así.

El señor Weller me sonrió.

—¿Lograste encontrar el lugar sin dificultad? —me preguntó.

—Mi hermano me trajo —dije.

Vivo con Andrew, mi hermano mayor, su esposa Miranda y su bebé Digby (no me hagan preguntas sobre ese estúpido nombre) de nueve meses.

—Qué bueno es tener un hermano mayor tan cooperativo —dijo el señor Weller.

En realidad, Andrew estaba contento de que yo fuera al programa, porque eso me tendría alejado del apartamento un par de horas. Ya llevo casi un mes viviendo con él y su esposa Miranda, después de que salí de la casa de acogida. Miranda no se negó a que fuera a vivir con ellos, pero yo notaba que no era algo que la entusiasmara. El apartamento era muy pequeño. Andrew y Miranda tenían la cuna de Digby en el único cuarto. Yo dormía en el sofá de la sala comedor. Además de esas dos piezas, el apartamento tenía una cocina y un baño. Andrew dijo que yo podía vivir con ellos mientras no volviera a tener problemas y, que una vez terminado el programa, tendría que buscarme un trabajo y mudarme; y si podía ser antes, mejor. Algo que resultaría difícil, porque yo iba a la escuela en la mañana para revalidar por lo menos dos de las asignaturas que había suspendido el año anterior, y la profesora asignaba montones de tarea. Andrew dijo que tendría que trabajar todo el verano y luego media jornada cuando empezaran las clases, para contribuir a los gastos de la casa; y que en cuanto probara que podía mantenerme en el trabajo, él buscaría un lugar más grande donde mudarnos.

Volví a mirar a Scott. Parecía sentirse muy a gusto entre los otros tipos. El señor Weller también lo miró.

—Scott y tú se conocen, ¿cierto? —dijo en forma de pregunta, pero yo sabía que él había leído mi expediente y ya sabía la respuesta—. No te preocupes, Josh. Si el hecho de que Scott esté aquí representa un problema para ti, podemos resolverlo.

Ni que yo necesitara que alguien me resolviera los problemas. Volví a mirar a Scott y dije:

—¿Por qué ha de ser un problema?

El señor Weller se me quedó mirando por un momento y entonces hizo un gesto con la mano indicándome que pasara.

Había tres hileras de asientos con ocho sillas cada una. Éramos catorce personas en total, contando al señor Weller. Había una sola chica, que fue directamente a saludar al señor Weller en cuanto llegó. Pensé que sería una de las ayudantes. Era bonita.

Scott se le acercó y le dijo algo. Ella se rió. Scott podía ser encantador, es decir, ésa era la impresión que quería causar. Pero yo no me tragaba esa píldora. Luego miró hacia atrás, en dirección a donde yo estaba y me sonrió otra vez. Lo miré con cara seria, con expresión de "no me importa nada", pero por dentro sabía que sí me importaba. Me iba a vengar de él, aunque fuera lo último que hiciera en la vida.